La Princesa y el Gigante

CUENTOS DE HADAS

PLANTAS MÁGICAS de habichuelas

REPARAR UNA BICICLETA

MIL y UNA historias para ir a DORMIR

cómo DORMIR a un gigante

Para Susi y George xx
C.H.

Para Joanne, Roz, Nadine, Karen y Bex – ¡Por todo vuestro amor, vuestras risas y vuestra persistencia!
S.W.

Título original: *The Princess and the Giant*
Adaptación de cubierta: Juan A. García

© del texto: © Caryl Hart, 2015
© de las ilustraciones: © Sarah Warburton, 2015
© de la traducción: Rocío de Isasa, 2016
© MAEVA EDICIONES, 2016
Benito Castro, 6
28028 MADRID
www.maevayoung.es

Publicado por primera vez por Nosy Crow Ltd, 2015

ISBN: 978-84-16363-54-4
Depósito legal: M-32.669-2015

La Princesa y el Gigante

Caryl Hart

Sarah Warburton

MAEVA **M** young

Había una vez una princesa
que no vivía en una mansión.
El criado era un gato a rayas
y el mayordomo, un ratón.

Su madre cortaba la leña
y su padre hacía las croquetas.
Y como toda buena princesa,
Sofía iba siempre en bicicleta.

Había una planta mágica de habichuelas
en el fondo del jardín.
Y como suele ocurrir,
un gigante vivía en el más alto confín.

Por las noches el gigante no paraba
de dar golpes y gruñir.

—Será pesado este gigante.

Así no hay manera de dormir.

La princesa preguntó con curiosidad:

—¿Por qué los gigantes se portan tan mal?

—Siempre ha sido así —contestó su madre.

Y su padre dijo: —¡Sí, y siempre será igual!

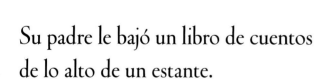

Su padre le bajó un libro de cuentos
de lo alto de un estante.

—Mira, aquí verás muy clarito
lo que es capaz de hacer un gigante.

Leyó la historia de un niño rampante
que trepó por una planta mágica
y cuando llegó al final
se encontró con un gigante.

—¡GROAR, aléjate de mis cosas!
—gritó enfadado el gigante—.
Si no te cazaré como una mosca
y te aplastaré como a un guisante.

¡Crack! ¡Crash! ¡Cronch!

Aquella noche Sofía seguía sin dormir.
—Ay, este gigante no para de molestar.
Si se quedara tranquilo,
todos podríamos descansar.

Leyó el cuento de una bruja
que construyó una casa alucinante,
y estuvo dándole vueltas a la cabeza
hasta idear un plan brillante.

Aquella noche la princesa salió al jardín
y lo preparó todo en la caseta,
lo metió en una mochila
y se abrochó hasta arriba la chaqueta.

Y empezó a escalar la planta de habichuelas
sin detenerse ni un instante.
Quería llegar cuanto antes
al castillo del gigante.

De repente una voz retumbó: —¿Quién ha hecho ese ruido?
Si eres un ladrón, yo que tú ya habría huido.

¡OH NO, TÚ NO!

Buzón

—Buenas noches, señor gigante,
le he traído algo para cenar,
así que por favor no me espante.
Solo quiero que pueda descansar.

Sofía había preparado con mucho afán
una deliciosa y exquisita poción.
—Si se lo come todo, sin duda,
dormirá como un lirón.

—¡Esto no le llena ni a una hormiga!
—protestó el gigante.
Sin embargo, el sabor le gustó
porque la poción de un trago se acabó.

Pero el gigante se volvió a enfadar y la pobre Sofía corrió sin parar.
Se metió en la cama y, abrazada a su osito, se puso a meditar.

Al día siguiente el gigante siguió gritando sin cesar.
Pero Sofía tenía ya otro plan. Había llegado el momento de actuar...

Y mientras leía el cuento de Ricitos y los tres osos
no dejó de pensar si los gigantes podían ser miedosos.

...y empezó a escalar la planta de las habichuelas
sin detenerse ni un instante.
Quería llegar cuanto antes
al castillo del gigante.

¡Crash!

¡Crack!

¡Cronch!

El gigante bramó: —¡AAAARG! ¿Qué ES ese olor para vomitar?

Esa niña horrible vuelve a mi casa; se va a enterar...

—Soy yo, Sofía. No quería molestar...

Le he traído unos peluches para que el sueño pueda conciliar.

Sofía se puso a cocinar mientras el gigante no paraba de bufar:

—¡Ja, ja, ja! Los gigantes somos los más valientes del lugar.

Aún así abrazó al osito después de cenar

y se fue a la cama sin rechistar.

Pero el gigante siguió SIN PEGAR OJO.

Y entonces el rey, desesperado, gritó lleno de enojo.

Sofía le dijo: —Papá, por favor, no te enfades con el gigante.

A lo mejor le pasa como a la princesa que tenía en la cama un guisante.

¡Crack!

¡Crash!

¡Cronch!

El rey y la reina estaban tan desquiciados que una nueva idea se le ocurrió a Sofía.

Fue al jardín y comprobó si lo que quería llevar en la mochila cabía.

Empezó a escalar la planta de habichuelas sin detenerse ni un instante.

Quería llegar cuanto antes al castillo del gigante.

—Vaya, vaya, otra vez tú.

Pasa dentro que hace frío.

¿Quieres leche con galletas?

No quiero que te den escalofríos.

—¡Ya sé lo que le pasa! —gritó la princesa—.

Sé porque está molesto y estresado.

Es imposible que duerma

si su colchón está destrozado.

Sofía corrió al cuarto de su amigo
y arrampló con el viejo colchón.
Sacó mantas, almohadas y cojines,
y le hizo la cama al grandullón.

Aquella noche el gigante cenó feliz.
Luego con sus muñecos a la cama subió.
Todo en silencio se quedó
cuando Sofía a su casa regresó.

Pero…

...el gigante seguía sin dormir y se puso hecho una fiera.

La reina llamó a los guardias para que lo encerraran.

Sofía consultó su libro de gigantes.

No podía hacer nada antes de que lo atraparan. A menos que…

Sofía agarró su mochila, el libro le había dado un par de ideas brillantes:

—Por favor, ¡cómo no lo pensé antes!

Y empezó a escalar la planta de habichuelas sin detenerse ni un instante.

Quería llegar cuanto antes al castillo del gigante.

—¡Deja ya de hacer ruido! —le ordenó con seriedad—.
Si no te metes en la cama, me enfadaré de verdad.
El gigante se quedó estupefacto,
pero obedeció en el acto.

Los guardias esperaron tranquilos, listos por si había que atacar.
Cuando oyeron una voz, se quedaron con la boca de par en par.

Esto TIENE que funcionar, pensó la princesa.

—Tengo otro plan, ya verás cómo dormirás.

Abraza los peluches, no tengas apuro.

Y abrígate que si no te resfriarás.

—¿Seguro que estás bien? —preguntó con voz dulce una niña.

Asombrados, los guardias bajaron las armas pues no se trataba de una riña.

Dentro del castillo Sofía reía sin parar.

—¿Cómo lo había podido olvidar?

Está claro que hay algo que no puede faltar,

no me extraña que no dejaras de protestar.

Sacó el libro de su mochila y una historia empezó a contar.

Enseguida el gigante Y los soldados se pusieron a roncar.

—Creo que por fin lo he conseguido.
Sin un buen libro no hay manera de dormir.
Pero ya se acabaron tus problemas,
ya puedes, por fin, dejar de gruñir.

—Ha cenado sopa y yogur, y tiene unos peluches a los que abrazar.
Le he leído un par de cuentos. Ahora ya sí que podrá soñar.

Para celebrar la buena nueva, el rey anunció un banquete.

Bailaron y cantaron como locos, todos disfrutaron del guateque.

Pero cuando el festín llegaba a su fin, un ruido espantoso se escuchó...

¡¡¡PUM!!!

¡¡¡PUM!!!

¡¡¡PUM!!!

...y una especie de temblor los sacudió.

Un chico gritó: —¡Que viene el gigante!

¡Deprisa! ¡Huyamos o hará con nosotros un pastel de carne!

—¡GROAAAARRR! —rugió con ferocidad el gigante—.

¡Traedme a la princesa Sofía AHORA MISMO...

¡Quiero que me lea un cuento!

La gente dejó de correr. No se lo podían creer.

—¿Otro cuento? —Sofía sonrió—. Vaya, casi nos da un MAL.

¿Por qué no pruebas a hacerlo tú? —le preguntó—.

Solo tienes que empezar y llegar hasta el final.

—No digas tonterías —dijo riendo el gigante—.

En mis libros no hay historias, solo unos garabatos.

—Eso que llamas garabatos —dijo Sofía—, ¡son palabras! Se llama escritura.

Gracias a ella, podemos disfrutar de los cuentos hasta en las alturas.

—Si no sabes leer, yo te puedo enseñar.

Pero primero necesito a los guardias, tengo algo que preparar.

La princesa mandó al gigante a la cama, mientras ella se ponía el pijama.

—¡Ya verás —exclamó con un bostezo— qué GRAN sorpresa te vas a llevar!

Los soldados hicieron un libro de tamaño gigante.
Con una letra enorme y preciosa
escribieron las historias más hermosas
que jamás escuchó un gigante.

Érase una vez una planta mágica de habichuelas...

Sofía enseñó a su amigo a leer
con cariño y con ciencia.
Y el gigante aprendió
letra a letra, con gran paciencia.

Desde entonces, el gigante y Sofía se vieron todos los días.

A veces se turnaban a leer y otras jugaban al pillapilla.

De canciones, juegos y risas se llenó la villa.

Y los dos amigos vivieron para siempre de maravilla.

¡FIN!